푸른사상 시선 166

오늘의 지층

푸른사상 시선 166

오늘의 지층

인쇄 · 2022년 11월 17일 | 발행 · 2022년 11월 25일

지은이 · 조숙향
펴낸이 · 한봉숙
펴낸곳 · 푸른사상사

주간 · 맹문재 | 편집 · 지순이, 김수란, 노현정 | 마케팅 · 한정규
등록 · 1999년 7월 8일 제2-2876호
주소 · 경기도 파주시 회동길 337-16(서패동 470-6) 푸른사상사
대표전화 · 031) 955-9111(2) | 팩시밀리 · 031) 955-9114
이메일 · prun21c@hanmail.net
홈페이지 · http://www.prun21c.com

ISBN 979-11-308-1972-3   03810
값 10,000원

🏔 울산광역시   울산문화재단

이 도서는 울산문화재단 '2022 울산예술지원 선정사업'의 지원을 받아
발간되었습니다.

푸른사상
시선

166

오늘의 지층

조숙향 시집

푸른사상
PRUNSASANG

가볍게 살고 싶었다.

이 기회를 잘 살았노라 말할 수 있도록.

2022년 11월
조숙향

| 차례 |

■ 시인의 말

제1부

제2부

제3부

제4부

제1부

너에게서 나에게로 가는 저녁 경계가 지워지는 하늘 신선

눈동자에 모래 바람이 분다 너무 많은 밤음에서 너무 흔한

밤나무 그늘에 앉아

수요일의 노랑나비는 원을 그린다
날개만 한 바람을 만들며
팔랑팔랑 원 안으로 암컷을 끌어들인다
혹은 수컷일지도

수요일의 나는
날갯가루 나부끼는 나무그늘에 앉아
두 마리 나비가 노랑 원을 그리는 걸 바라본다
그리하다가 나비들이 풍기는
주술에 빠져들어 아주 잠깐
노랑 원 속에 갇히고 만다

섬세한 날갯짓이
자연스러운 한순간이
원으로 피어나고 있다는 거, 그 빛깔 그 향기가
그들만의 독특한 붓이 되는 걸
수요일의 나와
수요일의 한낮이 숨죽이고 들여다본다

오늘의 지층

1

너에게서 나에게로 가는 저녁
경계가 지워지는 하늘

신선한 아침에 빛났던
너의 눈동자에 모래바람이 분다

너무 많은 밝음에서 너무 흔한 어둠으로
서로를 통과하며

흐린 고요를 남긴다

짝을 잃은
풍산개의 풀린 눈빛에 저녁이 담겨 있다

2

흰나비 떼가 날아오른다
오늘의 일기 앞에서

하늘을 물들이는 낯익은 새소리
철 지난 진달래 꽃잎
웃자란 새싹들
버석거리는 소나무 입술
쉴 곳을 잃어버린 바람이 내 뒤로 사라진다

먼 산에 하얗게 얼음이 덮인다

그림자

    1

마음 한 곳에서
물안개처럼 퍼지며, 울컥
물고기 떼 올라오는 아침이 있다

젊은 날 어쩌지 못했던 비늘이라든지
무심한 낚싯바늘에 잘린 지느러미라든지
피할 수 없는 가마우지라든지
내가 낳은 알들이 부화하던 그 순간이라든지

    2

물비린내 같은 이것

휘어지거나 접히거나
고무줄이 되어 늘어나기도 하다가
급속도로 조여들기도 하는

3

도로 위 젖은 햇살이 비친다

한 마리 물고기 길바닥에 널브러져 있다

찢어진 아가미 사이로 바람결 잦아들고

그 밤의 텍스트

창문을 밀고 들어오는 그림자는
붉은색이다
얼음으로 굳어진 말,
표출되지 못한 붉음이 침대 밑에서 웅웅거린다
어디로든 도망치고 싶은 침대
붉음은 그날의 밤이었나 일기예보였나
침대를 바꾸면 붉은 일기도 바뀌게 될지 모른다는
생각이 스치고 있다
가르치던 아이들이 같은 얼굴로 나를 기다린다
손에 있어야 할 붉은 텍스트를 어디에 뒀는지
오리무중이다
기억은 사라지고 침대는 날아다니고
침대를 잡으려고 강의실을 맨몸으로 돌고 있을 때
문이 열린다

청춘

잎사귀들은 흘러간다
연두에서 초록으로
나에게서 너에게로
숲속에 빛을 이룬 잔상이 풍성하다

부딪힘의 날들
구멍 난 하늘을 먹고 있는 애벌레
배고픈 딱따구리가 나무를 쪼고 있다
숲으로 퍼지는 진동의 꼬리,
나무껍질에 달라붙는다
천천히 또는 빠르게 규칙을 준수하며
죽어가는 나무 기둥을 타고 오르는 세월의 깊이까지
잎사귀에 물든다
뿌리로 스민다
잎사귀가 커진다고 믿었던 순간이다

안개로 뒤덮던 지난 꿈도 그랬다

침대에 눕다 말고

1

침대 속으로 들어가다 뒤돌아본다
벽 속으로 빛바랜 부부 사진이 들어간다
어둠을 바라보는 남편의 눈빛은 강렬하고
다정하게 걸터앉은 아내의 미소는 오래전 일이다
나는 그들에게 일어난 일을 모른다
다만 벽 속에서 옛이야기로
어제를 흘려보냈으리라 짐작한다

2

침대 속으로 들어가려다 말고 멈칫거린다
오늘을 편히 눕혀도 되는 것일까
신음 가득한 그곳에 너는 앉아 있을 텐데
곧 색깔의 계절은 돌아오고
네가 걷던 그 길가에 공허가 분분히 날릴 텐데
같은 꽃에서 태어났지만

외로움은 어디서 와서 어디로 흘러가는지

3

침대에 기대고 앉아 생각한다
가슴 먹먹해지는 어둠이 저며든다
내 잠은 어디까지 왔을까
어느 산기슭에서 잠든 새를 토닥이고 있을지도 모른다
아직도 엄마는 눈물 속에 있고
어둠은 더욱 두터워지고
어느 골목을 지나면 잠의 본향에 다다를 수 있을까

꽃 핀 날

아이가 새를 쫓아다닌다
적당한 거리와
적당한 보폭으로
새에게로 달려가지만
잡힐 듯하다가도
휘리릭 다시 멀어지곤 한다

아이가 폴짝거리다 넘어진다
새도 깃털 한 개를 떨어뜨리며 날아간다

새가 지나간 하늘에
아이의 팔이 반복적으로 펄럭인다
둥글게 혹은 새가 된 듯
새의 날갯짓과
아이의 동선이 겹쳐지며 허공에

놀이가 완성된다

웃음소리와 새소리가 하늘에서 재잘거린다

소식

오늘 그대의 사망신고 소식을 듣네

나는
황로가 들락거리던 최서남단 해변에 앉아 있네

그대가 황로였거나
내가 황로이거나

날개를 펄럭이던
이 해변에 남아 있는 온기는 아직 식지 않았네

짙은 바닷빛이 몰고 오는 파랑은 어제와 같고
친근한 해무가 섬을 덮고 있네

잘 가시게

지난여름 함께 앉았던 나뭇가지가 흔들리네

먼 바다가 수평선을 넘어가네

여기, 서성이다

1

여기, 겨울 아침 흔들며 흘러가는 물소리가 있다
물소리에 섞여 자갈은 굴러가고
강물에 발 담그고 우두커니 서 있는 잿빛 두루미도
있다

강 가장자리에서 반짝이는 얼음빛줄기와
강가를 지키는 댓잎에 걸린 햇살이 시리다

2

여기, 어둠이 번져 얼룩진 유리창에 손을 대면
불 꺼진 거실에서 맴도는 정적이 숨 쉰다
눈 감으면 소리 없이 움직이는 시계 초침 보이고

실금 간 접시에 담긴 타버린 생선이
깨진 믿음과 닫힌 마음 사이에서 일렁거린다

3

오래된 침식과 세월의 뼈, 또는 그 뼈와 강물의 파동 사이

나는 여기 머물고 또 흐른다

낯선 아침

신호등이 푸르게 껌벅거린다
20, 19, 18 ·······.

무수한 초침이 짧은 여운을 남길 새 없이
아침은 건너갔지만
상실감처럼 이 아침이 낯설게 다가온다

도착해야 할 목적지와
내가 걸어야 할 길과
걷는 마음에 대한 기대감이
시간과 함께 깜박인다

생각 없이 전속력으로 달리면
이 시간 이 건널목을 빠르게 지나칠 수 있을 것이다

그는 늘 즐겁게 건너야 한다고 말한다
어쩔까 망설이다 시간이 흘렀다

은행과 빵집과 아파트촌과 경찰서로 향하는
사거리 앞에서
시간이
빠르게 사라지는 것을 본다

검은 것이 내려앉는 오후

창밖으로 속도를 남기고 바람이 지나간다
햇살은 말랑하게 녹아가고
두꺼운 옷을 껴입던 겨울 발자국 소리가 멀어져간다
문득 키우던 새가 그리워진다
얼마나 높이 날아갔을까 날개를 접었을까
놓쳐버린 기억은 왜 이제야 생각나는지
별거라고 의미를 부여했던 하루는
별게 아니라고 내려놓다가
거짓말처럼 다시 별것이라고 번복되는 오후
내 마음을 알아줘라고 말하던 네게
무슨 위안을 건네줄 수 있을까
너의 그림자는 여전히 내 주위를 맴돌다 지나가고
낙인을 찍는 것처럼 검은 것이 내려앉는 오후

지갑

어디선가 불쑥 아기 같은 미소로 반길 거 같은

냉장고를 열어보고 싱크대를 뒤지고
납작 엎드려 소파 밑을 들여다보고

이 방 저 방 건넛방까지 지그재그 들었다 놨다 하다가
세탁기에 담긴 어제의 옷가지를 들치다가

손을 벋으면 잡힐 거 같고
고개 들면 눈앞에 놓여 있을 거처럼 느껴지고

창을 열면 보일라나
초승달 위에 앉아 있을라나

줄 끊어진 연처럼 우주에 묻혀버린 너

놀이터

저녁 어스름이 아파트촌을 서성거린다

예전에 옹기를 굽던 점촌 마을
이맘때쯤이면 집집마다
굴뚝 위로 연기가 피어오르고 있었을 게다
저녁밥을 짓던 점촌댁들, 저마다
추운 걸음 내려놓고
사거리를 건너 그 집으로 돌아갔을 게다

어둠은 아파트를 지우고 허공에 불빛들 밝힌다

이미 지나간 거미줄 같은 거
어쩌면 이슬방울 매달린 거미줄에 햇살 같은 거
또는 예측할 수 없는 내일 같은 거
내일은 언제나 오늘이고 어제였다는 거, 그러니까
오늘 저녁 어둠을 제대로 통과해야 한다는 거

누군가 지나간 자리는 또 누군가의 놀이터가 된다
어둠이 가라앉은 아파트촌이 적막해진다

연극이 끝나면

밀물이 맑고 투명하게 욕심을
멸치 떼만큼 데려올 거예요
그녀는 푸른 치마폭을 한껏 펼칠 거구요

오늘 연극은 욕심으로 할 거예요
작은 문어만 욕심을 잡아올려
머리를 뒤집고 싶네요
생명을 파고들 듯 흡착력을 높인
그 흡인력을 느끼고 싶네요
주저함 없이 욕심을
끓는 물에 집어넣어 푹 익히고 말 거예요

그리하면 순진한 저녁이
고요하게 그녀 앞에 서 있을 거예요

너에게서 너에게로 가는 저녁 경계가 지워지는 하늘 신선한

노동자에 노래 바람이 분다 너무 많은 밝음에서 너무 흔한

제2부

너무 많은 밝음에서 너무 흔한 어둠으로 시간을 통과하며 흐린 고요를 남긴다 작은 잎은 풍선게의 풀린 눈빛에 저녁이 다시 오

비 떼가 날아오른다 오늘의 일기 앞에서 하늘을 물들이는 낮익은 세소리 철지난 진달래 품잎 웃자란 세싹들 비서거리는 소나무 잎술

코로나19

텃밭 가득 복사꽃 흐드러졌는데
갈 곳 없다 갈 곳 없다
사람을 노인으로 만든 봄날

그 친한 이웃도
어느새 노인이 되고 말아
만날 수 없다 만나선 안 된다

일은 많지만 정작 할 일은 없고
실없이 마당으로 흘러드는 복사꽃
쭉정이처럼 바라만 보는 노부부

걸터앉은 마루가 평생 처음인 듯
복사꽃 놀이를 하고 있다

오동꽃이 지고 있다

오동나무는 산기슭에 볼품없이 서 있고
컨베이어 동력은 여전히 오늘을 실어 온다

컨베이어를 따라가다
사자 한 마리와 맞닥뜨린다

두리번거리는 갈기에
먹이를 찾던 밤들이 크르렁거리고
어둠 속에 웅크리고 앉아 별을 바라보던 날들이 휘날린다

휘날린다니, 미풍도 일지 않는 일정한 간격과
미끄러지도록 이끌고 있는 중력이 있는데

컨베이어가 재깍재깍 흘러간다
목표와 맞닿은 생산성은
비열함이라든가 절망으로 상품화된다
사냥에 지친 사자는 초라하다

어제의 집 마당가에서 오동꽃이 떨어지고
지나가는 사람들이 흐드러진 꽃잎을 밟고 있다

시절이 그리운 것은 어설픈 감상 탓인지
장롱과 타협하려 애쓰던 아버지는
자신이 키우던 사자 등에 올라타고 시장으로 나갔다

컨베이어 앞에서 서성거리고만 있다는 생각이
저무는 햇살에 닿는다
멀리서 아버지가 부르는 소리 들린다

선택된 장례식

여기 공동체를 위한 아침이 있다

숲이 윙윙거린다
거침없는 엔진톱이 나무 사이를 누빈다

어리고 볼품없는 소나무
도토리를 키우던 갈참나무
소담스런 꽃을 보이던 때죽나무
진달래나무, 가시나무 덤불

바람과 햇살은 사라지고
한 줌 흰 피가 사방에 뿌려지고 흩어진다

누구는 선택되고
누구는 선택되지 못하는 보다 나은 내일
누군가의 희생에 무덤덤해진 숲

이른 아침 숲을 덮고 있는 잘린 상처가
허공을 울린다 짙은 슬픔이 자욱하다

발설

　한꺼번에 터질 줄 몰랐습니다 나는 자주 피상적이므로 가지마다 연두물이 오르려니 생각했습니다 진달래가 참 꽃이듯 새가 하늘을 날며 침묵을 고하고 있는 줄 알았습니다 그러는 사이 숲속에서 끊임없이 은밀한 거래가 오고 갔습니다 간혹 모습을 드러낸 음모들이 나무와 등을 맞대거나 잎사귀와 부딪히기도 했던가요 그 순간이었지요 가슴속에서 꽃들이 요동치기 시작했습니다 소나무 꽃가루가 날리기와 동시 진달래와 철쭉이 피어오르고 생강나무에서 숨죽였던 노랑 고름이 흘러내리기도 했습니다 그 꽃들이 목을 조르고 있다고 발설하지 못했습니다 이 숲을 움켜쥔 뿌리가 내 근본이니까요 나무와 나 사이 엉겨 있던 뿌리뼈가 가끔 흙 밖으로 튀어 오르기도 했습니다 뼈마디가 시렸습니다 잎새에 맺힌 물방울이 햇빛을 찌르고 있었습니다 침묵이 나를 사르는 동안,

그 흔한 복은 다 어디로 갔을까

아내를 보낸 자리에
볕이 오래도록 내려앉았다

가끔 들르는 자식들은
계절꽃으로 찾아왔다가 바람 따라 흘러갔다

아내가 다소곳이 빨래를 널던 앞마당은
웃자란 풀들이 그늘을 만들고 있었다

평생 이룩한 논밭은 묵정밭이 된 지 20여 년
아내보다 더 노인이 된 노인의 적막이
마을의 마지막 상여가 되었다

사람들은 호상이라고 입을 모으지만,

찔레꽃이 하얗게 노인의 집을 덮고 있었다

그해 여름, 처용

긴 장마 잠시 주춤거리던 여름날
결혼 생활 이십 년 만에
방 한 칸 어렵사리 타향에 걸어놓은 장 씨

중환자실 아버지 일반병실로 옮기고
들끓는 국수 가닥 같던 노사분규도
팽팽한 침묵을 지키고 있을 때, 장 씨

어린 아들과 딸아이 짧은 그림자를 밟으며
천천히 태화강변으로 들어갔다

마른 어깨 위에 걸쳐진 성긴 투망 사이로
축축한 바람 한 줄기 일렁일렁 지나갔다

몇 마리 피라미로 즐거운 식탁을 꿈꿀 때
아파트 신축공사로 모래 퍼내진 강바닥 웅덩이가
어린 아들을 사정없이 잡아당기고 말았다

손목에 투망이 옥죄며 휘어잡음과 동시
첨벙, 소용돌이 요란스레 돌고 있었다

강가에서 작은 발이 동동동 뛰고 있었다
날카로운 비명이 황톳물에 휩쓸려 빠르게 흘러갔다

소주에 삼겹살을 구워 먹던 발걸음들 분주히 오갔지만
검은 웅덩이는 동심원만 굵게 굵게 그어대고 있었다

시신으로 거센 강물을 벗어난 장 씨
어린 아들을 품에 꼭 끌어안고 있었다

영안실로 실려 가는 앰뷸런스 안에서도
장 씨의 양팔은 결코 펴지지 않았다

어떤 기숙사

기숙사비를 내지 못한 학생이 있었다
질서는 지켜야 한다며
엄마들 의견이 분분할 때
출구 잃은 새끼 거미 한 마리 엄마들 사이를
이리저리 기어 다녔다 불쑥
뚱뚱하고 당당해 보이던 엄마 한 사람
두툼한 손바닥을
사정없이 거미를 향해 날렸다
순간 작은 거미는 온데간데없고
터진 거미의 내장들이 기를 쓰며
그 엄마 손바닥 거미줄에 달라붙어 있었다
세상 압력을 이기지 못한
새끼 거미 영혼이
방바닥에 뒹굴고 있었다

그 겨울의 삽화

— 1997년 12월

옥교동 시계탑 사거리
경남은행 앞 계단에 비스듬히 몸을 기대고 서서
찢어진 신문조각을 읽고 있는 사내

헝클어진 머리카락을 아무렇게나 바람에 맡기고
땟국은 여기저기 옷 위에 얼룩져 있다

날짜 없는 신문지가 손에서 너덜거린다

빈 소주 병에서 나는 소리로
알아들을 수 없는 혼잣말을 내뱉는다

어쩌면 집 나간 아내를 찾는 말이거나
부도난 자신을 이야기하거나

열린 은행 문으로 빈 바람이 드나든다

요양원이 사는 법

치매 할머니와 심장병 할머니의 안간힘이 몇 장 휴지 조각에 꽂힌 날이다 밥 먹은 흔적 지우라고 건네준 휴지 조각이 치매 할머니 기억을 건드렸는지, 가슴 깊이 간직한 소중한 연애편지인 양 반듯하게 접고 접는다 베개 밑에 따뜻이 묻어둔다 때를 놓칠세라 심장병 할머니의 레이저가 번쩍거린다 질금질금 오줌 타이밍을 끌고 있는 치매 할머니, 베개 곁을 떠나지 않는다 보다 못한 간호조무사는 강제성을 동원 차가운 변기에 치매 할머니를 끌어 앉힌다 오줌 줄기가 변기를 타고 내려가는 사이 심장병 할머니가 치매 할머니의 베개를 뒤집는다 쥐도 새도 모르게 속바지 주머니로 삼켜버린다 잠깐 사이 부산스러운 출렁임 우우 두세 살 아기 같은 소리 작은 방 구석구석 기어다닌다 뒤집고 뒤집는다 기억 이전의 애틋함이 벽에 부딪힌다 힘없이 떨어진다

빈 가지에 소리 없이 첫눈 쌓이는 날 심장병 할머니 응급실로 실려간다 기억을 모두 버려 시선마저 투명해진 치

매 할머니, 2급 중증치매 등급 받고 거동마저 버린 침대
위 베개 밑에 접힌 휴지조각 하나 반달처럼 떠 있다

섬마을 영순이

때때로 태풍을 몰고 오는 구름이
지붕을 쓸고 가지만
푸른 바닷빛이 그저 좋았다
사십 대 서방님은 가시고
물질과 낚시꾼들 뒷바라지로
자식들 모두 대처로 내보냈다
집집이 숟가락이 몇 개인지
훤히 들여다보이는 마을에서
야심한 밤에 불 밝힐 마음 굴뚝만 올라갔다
높은 굴뚝에 긴 하루를 기대고 앉아 있을라치면
밤물결 위로 달빛이 길을 내고 있었다
수평선 너머서부터 넘실거리며 다가오는
바람이 창문을 두드렸다 어느새
어깨가 들썩이고 가락에 젖은 춤사위가
소금기에 절은 세간살이의 흥을 돋웠다
그런 밤들이 여러 해
자맥질과 함께 깊은 바닷속 어딘가

바위 되어 숨 쉬고 있지만

섬마을 영순이는 무탈하게 잘 살고 있다

뇌물을 받는다

이를테면 옆 가게의 중탕집 여자가 건네는
포도즙 2봉지 상황즙 2봉지 홍삼즙 2봉지

중탕집이 학원 옆으로 이사를 온 후
수시로 풍겨오는 온갖 즙 냄새
하루 종일 머리 아프고 숨 막히게 한다
급기야 찾아갔더니 중탕집 여자는
무슨 큰 죄를 지은 것마냥 눈치를 살피며
인사가 늦었지요 찾아가려고 했는데 하면서
내민 것들이다

잘 봐달라고 손 내미는 중탕집 여자와
그것을 받아 든 의기양양한 나
잘 살자고, 이 재미난 하루를 살아내야 한다고

즙을 짜고 있는 세월

우리는 하루하루 즐거워지는 것이다

휠체어를 밀고 가는 저녁

한 사내의 휠체어가 벚나무 속으로 들어간다
손등에 돋아난 잎맥이 바퀴를 민다
이마에 땀방울이 벚꽃처럼 흐드러진다
사내 주위에 앞서거니 뒤서거니
세 아이들이 달린다
첫째 아이가 비눗방울을 날린다
동글동글 웃음이 휠체어 위를 날아다닌다
둘째 아이가 사내의 등 뒤로 다가가
휠체어를 민다
둘째 아이가 비눗방울 속으로 들어간다
첫째 아이도 들어가고
셋째 아이도 들어간다
비눗방울 속으로 사내의 휠체어도 들어간다
둥글둥글 거대한 비눗방울이 환한 저녁을 밀고 간다

서로의 풍경

태화강 상류에 물소리가 한창이었다
바다를 따라가며
강가를 맑게 밝게 비쳤다
몽돌같이 동그란 아이들이
물달팽이가 다슬기인 줄 알고
좋아라 잡았다 해맑은 물방울이
아이들 웃음처럼 튀어 올랐다
강기슭에 앉아 아이들과 강을
바라보는 내 등 뒤로
얇은 바람이 휘돌아갔다
후두둑 빗방울을 던졌다
무심코 뒤를 돌아보았다
저만치 강둑에 선 선암사 스님이
언제부터인지 우리를 바라보고 있었다

I have a dream

신선산 정상에 자리 잡은 체력단련 쉼터

풍 맞아 기우뚱한 노인이 안간힘 쓰며

허리 돌리기를 한다 비틀비틀

쉽게 몸이 돌아가지 않는다

서너 번 허리를 돌렸던가 노인은

이내 운동기구에서 내려와 천천히

소나무 아래 벤치에 걸터앉아 노래를 부른다

I have a dream I have a dream

I can see the wonder

그룹 아바처럼 매끄러운 발음은 아니지만

아침 운무를 닮은 음색이

체력단련 기구를 휘휘 돌며 야산에 짙게 퍼진다

이 쉼터로 오는 길은 여러 갈래

노인이 어느 방향으로 올라왔는지 누구도 관심이 없다

천천히 노인은 떠나가고

나무 꼭대기에서 휘파람새가 노래를 한다

I have a dream

제3부

부석

오래 살던 집 앞을 지나친 적 있는지

아카시아 향기처럼 뻐꾸기 소리 정확하게 날아들던
생애 처음 샀던 집

벌거벗은 몸이 랄랄라 춤추어도 외설적이지 않고
TV 화면에 몇 날 며칠 먼지가 쌓여도 개의치 않던

유치원에 다니던 아이들의 낙서가
고흐의 그림보다 더 소중했던

남편과 하루가 멀다 하고 지지고 볶아 콩알이 여기저기
널린

한 번쯤 폭발할 것 같던

공중에 둥둥 돌이 된 새들의 집,
추운 날이면 더 가보고 싶은

어떤 부부

열차가 마른 해변을 휘감는다
바이오거트를 먹던
여자가 중얼거린다
마음이 수평선까지 다다르면
신기루를 볼 수 있을 거예요
앞에 앉은 사내가 빈정거리듯
수평선 좋아하시네
수평선은 썩지 못할 망상이야
부표 같은 믿음이고
불공평한 파도야
보세요 바다 위 길을 따라
햇살이 실크로드를 펼치잖아요
실크로드 좋아하시네 저 햇살은
바닷물에 비친 자신 보고
모노드라마에 열중하잖아
무슨 말을 하는지 모르겠군요

햇살이 당신 눈에서 길을 내고 있는데

질척한 열기가 차창에 엉겨 붙다 굴절된다

맨드라미 붉게 피다

어릴 때

젯상에 올리려고 엄마가

맨드라미 꽃잎을 따서

화전을 부치는 걸 본 기억이 아직도 남아 있지

마당 가장자리 화로에 담긴 맨드라미 잉걸불

아들 못 낳아 작고 납작해진 엄마 동글납작한 화전

자식들처럼 자글거리던 솥뚜껑 그 위

하얀 찹쌀 반죽 안에서

붉은 꽃으로 피어나고 있었지

한 개 달라고 침 흘리며 떼쓰던 내 손을

젯상이 먼저라며 손사래를 쳤던 그 서글픔이

엄마의 정수리에 내려앉고 있었지

세월 지나 배추장수가 된 엄마

가끔 그 시절이 생각났는지

그래도 그때가 좋았어야 하시곤 했지

맨드라미 붉게 폈던 엄마의 계절을 지나친다

나도 엄마가 된 지 오래

수신 중

1

가끔 전화기를 들면
그녀가 걷던 길가에
국화꽃이 흰 등을 걸고 있다

그녀가 남겨놓은 나비들이
둥글게 그녀 주위를 날며 원을 그린다

분리된 이곳과 저곳
하루하루 무게만큼 떨어지는 날갯가루, 이곳
울음이 터지고 길어지고 흐느끼고 있다
더 이상 나비들이 앉을 수 없는, 저곳의 꽃이 된 그녀
멈춰진 꽃밭에서 한세월
그녀가 걸었던 길들이 흩어지고 사라진다

2

삼베옷에 싸인 전화기가 그곳에 있다

그날 토끼는 죽었다

엄마 여기는 너무 추워요
엄마 품에서 겨울을 나게 해줘요

너의 부탁이 다 마르기도 전에
죽은 토끼를 끌어안고
너를 생각했다

면사포 속으로 들어가는 너를 바라보며
전날 밤 꾼 꿈을 생각했지
협곡 거센 물살에 실려 너는 떠내려가고 있었지

하얀 토끼털을 쓰다듬으며
돌이킬 수 없는 후회가 밀려왔다
부족한 성품으로 섣부르게 토끼를 책임지겠다고 했구나

토끼를 살리지 못한 불면의 밤을 지켜봐야 했다

산자락 참나무 아래 빨간 눈동자를 굴리며

작은 토끼 한 마리 도토리를 까먹고 있다

임종

계절 끝자락이 밀어올린 햇살 위에
잠자리가 낮게 앉아 있다

강에서 불어오는 바람이 날개를 흔들지만
잠자리는 미동도 하지 않는다

잠자리는 길 위에
허공에서 지치고 힘들었던 날갯짓을
차곡차곡 내려놓고 있는 것일까

아버지의 임종을 지키지 못했던
한 계절이 이렇게 마무리되고 있다

잠자리의 부서진 날개를 어루만지며
붉은 저녁 쪽으로
나를 조금 더 끌어당긴다

애증

아버지의 그녀를 본 이후
언니는 땅만 보고 걸었다

하루는 시내 한길에서
아버지를 만났는데
바람처럼 그냥 지나치고 말았다
당혹한 아버지는
머리를 땅에 박고 걷는
언니의 등에 대고 "쟤" 하고 불렀다

그 후로 언니는 아버지를 잃어버렸다

잠들 때까지

희망이 깨지던 날이 있었다
아버지의 편지는 구겨졌고
구겨진 편지에서 먹물이 번지고 있었다

그 후로 나는 희망을 믿고 싶지 않았다

희망이 없는 하루는
늘 미세먼지로 공중을 날아다녔다
여름 한낮을 울던 매미 떼같이
물방울이 공중에 뿌려지기도 했다

생각해보면

희망에서 촉수가 꿈틀거리기도 했다
그런 날은 운명을 생각했다

내가 가고 싶은 길

내게 드리워진 운
아버지가 내게 주었던 명

아직 나는 희망을 버리지 못한다

더 자봐야겠다

두텁게 다가오는 것

　― 팡세

세로줄을 그으며 공감했던 시절이

그때 나였으나

행간을 곰곰이 읽고 또 읽어봐도

밑줄을 긋던 나를 기억하지 못한다

가난한 가로수가 풍성했던 계절

딱딱한 발걸음이 너덜거렸고

신은 내게만 단호하게 겨울을 몰고 왔다 생각했다

주류에 끼지 못한 절망에 위안을 꿈꾸며

집어 든 손바닥만 삼중당 문고

그 시절

나를 이해하는 것이 어려웠다

너를 이해하는 것도 어려웠다

세상을 이해하는 것도 어려웠다

신을 이해하는 것은 더더욱 어려웠지만

누렇게 변해버린 연민이 책장을 넘기게 한다

홍도의 밤

동의어가 혼동스럽다
나는 오빠가 될 수도 없고
너의 어둠을 달래주지도 못한다

오늘 밤 물때는 가슴사리
일기예보는 흐리고 비를 강조한다
네 바다가 발목을 잡고 놓지 않는다

규칙적인 등댓불이 물결을 어루만진다
출렁거리는 바람이 어둠을 쓸고 있다
섬도 검고 여도 검고
너도 검고 나도 검고
검음이 텀벙대는 파도와 놀고 있다

멀리 있는 네게서
가까운 내게로 오는 검은 우주

베일에 가린 달은 어디쯤 오고 있을까

몇 광년 여정을 걸었던 빛이
우리 가슴에 스미고 있다

가상현실

멧돼지가 방문을 향해 돌진하는 걸
가까스로 막는다
멧돼지 가시에 찔려 손가락이 아프다

오토바이가 고래고래 소리를 지르며 지나간다
아파트가 흔들린다
사람들은 창을 열고 맞짱 뜨며 고래고래 쌍욕을 한다
소리가 소리와 충돌하며 후덥지근한 잠을 가른다
비몽사몽 멧돼지한테 물리고 만다

찜찜하고 우울한 느낌이
이런 날 복권을 사는 것도
재미있을 것 같다고 생각한다

행여나 무슨 일이 없기를 바라는 마음으로
딸에게 전화하는데
이혼을 말한다

멧돼지에 찔린 상처에서 피가 흐른다

잠 속에도 비가 내릴 것 같다

안개 아침

이른 아침을 덮은 안개 속을 헤치며
강을 따라 걷는다

풀잎과 거미줄에 걸린 이슬이
너의 눈물방울같이 흐릿하다

어디쯤에서 길을 잘못 들었는지
돌아갈 순 없었던 건지

세월도 어쩌지 못하는
너의 강이 안개 속에 묻힌다

아프지 말기를

안개가 걷히면 강 끝에서 불어오는 바람이
돌이 된 네 가슴을 쓸어주고 있을 게다

둥근 가을

― 반구대 암각화 앞에서

　바람도 지우지 못한 어제와 오늘 사이, 강둑에 앉아 있습니다 헝클어진 마음 하나 바위 위에 그늘져 있습니다 그대 어깨에 걸쳐진 성긴 그물 사이로 바람이 드나듭니다 흔들리는 가을볕에 새소리들 모여듭니다 그 가을 미처 보지 못한 상처가 그대 얼굴 스치는 햇살처럼 반짝입니다 앙칼진 덤불을 헤치며 겁먹은 사슴이 뛰쳐나옵니다 첨벙, 손끝에서 어제 앉았던 풍경이 강물 속으로 가라앉습니다 물방울이 풀잎에 매달립니다 다시 온 가을 앞에서 흔들리고 있습니다 먼 훗날 어제의 가을이 오고 그대가 다시 이 강둑에 서 있게 된다면 흘러가는 강물에 붉은 단풍 한 잎 띄워 보내주시겠지요 여기 마음 하나 내려놓습니다 물소리에 묻혀 흘러가는 암각화입니다

월식

오솔길에 애벌레 한 마리
땅바닥에 하얀 피를 쏟아놓고 있다
석 달을 살았던 자궁 속 마지막 아기 같다

네 식구 나란히 발 벋을 수 없었던 좁은 월세방
심장에 미세한 구멍을 갖고 있던
세 살배기 작은 딸 눈 밑은 자꾸 푸르러갔고
남편의 급성신부전증도 얇은 창문을 흔들었다
뜻밖에도 자궁 속 아기는
입덧조차 시키지 않았다

셋째 아이 복지 혜택은 어림없던
딸 아들 구별 말고 둘만 낳자던 그 시절
복강경 수술 위로금으로 건네받은 서슬 푸른 세 장의
지폐
아이가 떨구고 간 서글픈 낙원행 티켓 한 장

턱없이 무겁기만 했던 종잇조각들

산부인과로 가는 길에 떨어져 뒹굴던 기억들이
땅바닥에 흩어져 있다
내 안의 생명 길 그 시절에 닫혔다고
불쑥 나무 사이를 빠져나온 죽은 달 하나
바람 불 때마다 솨솨솨 울음소리를 들려주고 있다

너에게서 나에게로 가는 저녁 경계가 지워지는 하늘 신선한
눈동자에 모래 바람이 분다 너무 많은 밤음에서 너무 혼란

제4부

동안 눈빛에 저녁이 담겨 있
풍성대의 흐린 눈빛에 저녁이 담겨 있
작을 없는 풍성대의 흐린 눈빛에 저녁이 담겨 있
작을 없는 풍성대의 흐린 눈빛에 저녁이 담겨 있
저녁이 넘긴다 작을 없는 풍성대의 흐린 눈빛에 저녁이 담겨 있
이 넘긴다 작을 없는 풍성대의 흐린 눈빛에 저녁이 담겨 있
오른 남긴다 작을 없는 풍성대의 흐린 눈빛에 저녁이 담겨 있
흐린 고요운 남긴다 작을 없는 풍성대의 흐린 눈빛에 저녁이 담겨 있
서로을 붕과하며 흐린 고요운 남긴다 작을 없는 풍성대의 흐린 눈빛에 저녁이 담겨 있

어떤 날은

하루 종일

미세먼지로 낮을 뒤덮던

하늘이 가고

어두운 밤이 온다

그 사이 어디에도 쉽게 마음 두지 못한다

이렇게 한 어둠은 가고 오고

꿈은 지리멸렬하고

비루한 날은

이어지고 흐르다가

그 집에 닿으면

생각만 해도 끔찍하다고

어두워진 거실 바닥이 꿈틀거린다

강물에 갇혀
— 천전리에서

네 뒤로 강이 흐르고
눈빛 따뜻한 바위가 오래도록 살아 있다
그곳에서 살았던 공룡은 떠났다

답답한 날이면 그 곁을 걸었다
공룡이 시간 속을 헤치며 나타날 거 같은 예감,
시기를 놓쳐버린 일기예보가
비를 몰고 왔다
비는 바람을 부려놓고
뒤집혀진 우산을 끌고 다녔다
제발이라는 말은 흘리지 않기로 했다
예측할 수 없는 불안감이
길을 묻고 물었다
끊임없이 강 따라 이어지는 빗줄기가
바위에 박힌 공룡의 발자국처럼
수면 위에 물무늬를 그리고 있었다
세찬 물무늬가

네게서 떠나버린 공룡의 뒷모습처럼 다가온 아침이라니,

그런 날이면 종일

물속에 갇힌 공룡의 젖은 눈을 들여다보아야 했다

차라리 공룡이 살았던

낡은 아침으로 다가왔다면

강을 따라 끝없이 흘러갔을 것이다

그녀의 방

그녀에게 물 위는 놀이터가 된다
그날의 차가움이 온몸에 스며들면
날개를 퍼덕이며 물방울을 튕겨낸다
허기진 엉덩이를 하늘에 꽂고
술래가 되어 먹이를 찾는다
그 일은 그녀의 간절한 놀이가 되지만
놀이 뒷면에 그늘진 습기는 보이지 않는다
그녀가 이미 삼켜버렸거나
햇빛을 따라 올라가 구름이 되었기 때문이다

한낮, 냄새에 취하다

치열하게 엉겨 붙어 진하게 싸움을 했나
자리에서 밀려난 듯
오솔길 바닥을 뚫고 올라온 나무뿌리를 본다
울퉁불퉁 상처 난 속살에서
흰나비 떼 같은 냄새가 피어오른다
전후 사정이야 알 수 없지만
앞뒤 잘린 듯 뭉툭해진 냄새
누군가의 발길에 채이고 눌려
갖은 힘으로 버틸 것만 같은 냄새
축축한 슬픔을 과감하게 드러낸 냄새
기시감처럼 길을 막고 있다
한낮 숲속에서 현기증에 시달린다

일상이 낀 열쇠

열쇠를 잃어버렸다
집은 굳게 닫혀 있다
낯선 곳에 서 있다

쏟아지는 수돗물에 설거지하던 일
찌든 때를 불려 세탁하던 일
오순도순 식탁에 둘러앉아 밥 먹던 일
그저 막막한 망상처럼 현관문 자물쇠를 맴돈다

기억은 지나온 길들을 걷고 있지만
집으로 들어가던 열쇠 하나
도무지 어디에 다 흘렸는지 알 수가 없다

어딘가 외딴곳에 떨어져 있을
나를 열고 닫던 열쇠 하나

미로에 갇혀 있다

나는 나를 잃어버리고 싶었나 보다

희망 사항은 희망일 뿐

이 그림자가 내 두려움의 실체였다니
형체도 없이 슬금슬금 내 뒤를 밟아오던 이것

하늘을 받치고 있던 나뭇가지의 뒤통수가 따가웠다
걷던 길이 사라졌다 나타났다 반복했다
무조건 앞만 보고 달렸다 때때로 허방을 딛고 넘어지기
도 했다

겨울을 걷던 엄마는 종종
골목길이 벌떡벌떡 일어나 따라다녔다고 했다
그 어둠을 견디려고 중얼중얼 혼잣말하는 버릇이 생겼다
그런 날이면 어김없이 엄마의 밤이 벽을 때렸다

어떤 두려움이 나를 키웠나
까닭 있는 두려움과 까닭 없는 두려움 사이에서
불면을 호소하는 밤들이 이어졌다

엄마를 닮지 않을 거야는 희망 사항이었다

나도 어느새 중언부언 혼잣말을 하기 시작했다

그 세월이 내 뒤를 밟고 있다

겨울 산책길

내 앞의 오르막길을 어제의 통점이라고 쓴다

비탈이 무성한 그늘을 만들던 날
뱀이 똬리를 틀고 앉아 산개구리를 잡아먹으려던 길

무수한 발길에 떨어진 낙엽마저 굳은살이 박인 길
벼랑에 기댄 상처투성이 나무 기둥을 잡고
미끄러지는 마음을 의지했던 길

사는 게 춥다고
추운데 기댈 데가 너라고 소리치고 싶었던 길
간절함이 나무 기둥을 타고 올라 하늘에 흩뿌려진 길
이 길이 내가 기댄 언덕이었음을 이제 알겠다

언덕에 뿌리박은 나무의 상처가 불끈 솟아오른다
바람이 쓸고 간 언덕길, 겨울 햇살이 푸르다

나르시즘

강가에 나앉아 일렁이는 물결을 바라보았습니다
새가 낮게 날며 물길을 이끌고 왔습니다
어느새 내 안에는 물이 가득 차올랐습니다

울렁증을 견디지 못하고 나는 그만
물을 무릎에 토하고 말았습니다
나무와 풀들이 잎을 말아올리고 있었습니다

새의 가슴에도 물이 가득 차 있다는 걸
나는 왜 관심조차 없었던 걸까요,
새가 가볍게 날며

물에게 맑은 노래를 들려주었습니다
둥글둥글 동심원이 강기슭에 닿았습니다
얼굴에 파문이 번지고 있었습니다

꿈 이야기

풍등이 하늘로 걸어간다

깨지거나 지워진 꿈이
골목 상점에 수북이 앉아 있다

발걸음은 펄럭이고
심연에서 흐르던 꿈이 몸 밖을 헤쳐 나와
그림자처럼 몸을 보인다

어떤 날은 꿈꾸지 않으면 잠들기 어려웠을 테지

얼마나 많은 꿈들이 날아올랐을까를 생각하다가
인간의 꿈이 또 얼마나 소박한지를 생각한다

별거 아니면서도
별것이 되는

처용과 물길

환청이다 거문고 소리 들린다
표류된 너를 만났던 밤이
이쯤이었던 것 같다 돌이켜보면 우연이 아니었다

우리는 서로의 언어를 알지 못했다
서로 다른 언어의 간극을 포장하기에
이 바닷가 물빛은 제격이었다

침묵을 지키던 너의 어둠을 보고 있다
한때 분노가 배와 함께 달빛 실은 파도에 실려간다
밤바다가 부서지며 바위를 때린다

너는 여전히 말이 없고
파도 소리 홀로 바위 위에 서성거린다

때론 착각이 설화를 만들기도 하나 보다
멀리서 불빛이 물길을 일으키고 있다

환상이 깨질 때

벽에 걸려 있는 백열전구가 흔들린다

빛이 흔들린다

어디선가 나방이 날아와

백열전구에 부딪혀 날갯가루 흩어진다

수천 개의 필라멘트

수천 가지 색깔들이 눈처럼 내려앉는다

하루살이 날아와 필라멘트의 열기를 빨아먹는다

백열전구는 바람처럼 요동치다가

제풀에 지쳐 터져버린다

방바닥에 즐비하게 펼쳐진 백열전구의 뼈 조각들

내 몸은 사슬에 묶인 채

도무지 움직일 수 없다

깜깜한 벽

어둠이 내 몸을 통과한다

근육이 아프다 뼈마디가 아프다

정…적…

서서히 주변의 가구들이 윤곽을 드러낸다

아직도 땡삐가

영근 나락 사이를 누비며
메뚜기들이 달아다닌다

고소한 맛은 입에서 요동치고
머리 위로 찰진 가을볕이 굴러다닌다

한 마리라도 더 잡으려는 여덟 살 마음이
비탈진 논두렁을 헛딛는다

주르륵 미끄러진 곳에서
땡삐들이 생솔 연기처럼 날아오른다

우우우 짐승 같은 목소리가 논두렁을 흔든다
미친 듯이 집을 향해 달린다

집을 잃은 땡삐가 머릿속을 찌른다

피할 수 없는 운명을 만난 거다

아직도

연결고리

졸참나무 아래
연두 몸이 꿈틀거린다
이파리를 놓쳐버린 그 자리로
돌아가기 위해 안간힘을 쓴다
넓이와 깊이를 재는 것처럼
가는 실을 풀다 감다 반복하고 있지만
허공이 자신을 걸어놓고
있다는 걸 보지 못한다
잠시 숨 고르기 하는 사이
솔바람 지나가며 이리저리 흔든다
중심을 잃은 몸짓이 허공을 끌어안는다
이파리로 돌아갈 길을 찾고 있지만
무심한 숲은 그늘만 키우고 있다
허공이 치명적인 공허라는 것을
온몸으로 받아들였을 즈음
한 마리 자나방이

졸참나무 이파리를 흔들며 날아갈 것이다

오월 한낮 연두 그림자의 생명줄이
몸에 스민다

접속

나비 한 마리가 날아온다

내 몸에 붙는다
더듬이를 까닥까닥
내가 무엇인지 확인한다
걸음을 당기자
내 주변을 샅샅이 탐색하다가
내가 지나온 오솔길 상수리 나뭇잎에
사뿐히 내려앉는다
나비는 내가
먼지인지 구름인지 바람인지
새소리인지 알아챘을까

나는 마스크를 벗는다

차지위물화, 그 아날로지의 사유

이병국

여기 마음 하나 내려놓습니다

조숙향 시인의 두 번째 시집을 펼친다. 첫 시를 읽기 시작해서 마지막 시에 이르면 문득 장자(莊子)의 '호접지몽(胡蝶之夢)'을 떠올리게 되는데 '나비'와 관련된 시편들이 유독 눈에 들어오기 때문인지도 모른다. 물론 꿈에 나비가 되어 만족스럽게 날아다니다가 꿈이 깨어 스스로를 나비가 된 장주인지, 장주가 된 나비인지 생각하다 그 구별을 무의미하게 여기곤 '차지위물화(此之謂物化)', 즉 만물이 하나 된 물아일체를 깨닫는 것을 조숙향 시인의 시와 나란히 놓고 이야기하는 것은 오독일 수도 있다. 그러나 시적 주체가 존재의 바깥에서 나비를 바라보고 그것이 만들어내는 모호한 움직임에 집중하면서 분명한 감각으로 외부 세계와 그

것이 재현하는 바를 존재의 안쪽으로 끌어오는 조숙향 시인의 독특한 사유는 자연과 조화를 이루는 삶 너머로 "내가/먼지인지 구름인지 바람인지/새소리인지"(「접속」) 그 구분이 지닌 불가지성에 관한 성찰로 나아간다는 점에서 흥미롭다. 이는 '나는 누구인가' 혹은 '존재의 삶이란 무엇인가' 등 실존적 질문으로 이어지고 시 속에 재현된 경험과 그것을 둘러싼 원체험의 질료로 전유되어 흥미로운 시적 구조물을 축조한다. 이때의 원체험은 유년 시절에 국한되지 않으며 삶의 과정에서 끊임없이 새롭게 경험되고 누적된 무의식적 침투로 의미화된다.

알다시피 시는 순전한 상상력의 층위에서 발현되는 것이 아니다. 그것은 시인이 경험한 체험의 주관적 변용과 그것이 환기하는 실재의 맥락이 특정한 시공간에 놓인 현재의 자아와 맞물리면서 파생되는 것이라 할 수 있다. 그런 점에서 시가 형상화하는 내적 실재는 '나'로 하여금 구체적 현실의 생생함을 감각케 하는 한편에서 심리적 기제를 통한 모종의 의미화 작용을 거쳐 전개되는 이미지로 우리 앞에 펼쳐진다. "섬세한 날갯짓이/자연스러운 한순간이/원으로 피어나고 있다는 거, 그 빛깔 그 향기가/그들만의 독특한 붓이 되"(「밤나무 그늘에 앉아」)어 구체적 양감을 지닌 고유한 세계로 진술되며 그럼으로써 불확실하고 불투

명한 실존적 존재의 내력과 내재한 정동의 추이를 실감케
한다.

조숙향 시인의 시적 주체 역시 원체험이 환기하는 불안
을 외면하지 않고 존재론적 자기증명의 수행으로 의미망
을 형성한다. 상실과 부정을 야기하는 삶의 풍경으로부터
비롯된 스산함과 처연함을 내파하고자 하는 주체의 정적
인 투쟁은 자신과 접촉하는 대상의 한순간을 포착하여 의
미론적 계기를 형성하고 유폐된 '나'를 고양시키고자 하는
의지를 개진하는 데 망설이지 않는다.

1
여기, 겨울 아침 흔들며 흘러가는 물소리가 있다
물소리에 섞여 자갈은 굴러가고
강물에 발 담그고 우두커니 서 있는 잿빛 두루미도 있다

강 가장자리에서 반짝이는 얼음빛줄기와
강가를 지키는 댓잎에 걸린 햇살이 시리다

2
여기, 어둠이 번져 얼룩진 유리창에 손을 대면
불 꺼진 거실에서 맴도는 정적이 숨 쉰다
눈 감으면 소리 없이 움직이는 시계 초침 보이고

실금 간 접시에 담긴 타버린 생선이
깨진 믿음과 닫힌 마음 사이에서 일렁거린다

3
오래된 침식과 세월의 뼈, 또는 그 뼈와 강물의 파동
사이
나는 여기 머물고 또 흐른다
—「여기, 서성이다」 전문

　지금, 여기. 시인이 마주한 세계는 구체적 현실을 전유
하여 존재의 내면 풍경을 비춘다. 시적 주체가 감각하는
"흘러가는 물소리"와 그 주변의 존재들은 주체의 정동을
동요시킨다. 유구한 흐름 속에 겹겹이 채워진 존재의 선명
함은 시적 주체의 심리적 정동과 정합하는 동시에 조용한
파문을 불러온다. 어떠한 사건도 일으키지 않는, 정적인
세계. "반짝이"거나 "시리"게 사유되는 존재는 "겨울 아침"
의 흔적처럼 느껴진다. 그런 점에서 주체가 바라보는 저
아침의 풍경은 선명한 감각만큼이나 흐릿한 시계(視界)를
형상화하는 것처럼 보인다. 이는 무엇으로도 의미화되지
못하는 존재로 인식되어 금방이라도 휘발될 이미지를 구
축하며 주체의 내면을 표상하는 듯하다. "어둠이 번져 얼
룩진 유리창"에 의해 단절된 세계가 주조한 단조로운 이미

지는 "불 꺼진 거실에서 맴도는 정적"만큼이나 불안정하다. 그런 이유로 저 바깥의 존재들은 상상적 공간에 붙잡혀 박제된 주체의 정서적 투사로 보는 것이 합당한지도 모른다. 상상적 층위에서 가공된 존재는 시적 주체와의 격절감을 부각하며 주체의 고립을 심화한다. "실금 간 접시"와 그 위에 "담긴 타버린 생선"처럼 언제든 무너지거나 붕괴될지도 모른다는 긴장감이 팽팽하다.

그러나 이 긴장이 시인에게 부정적으로 감각되는 절망감이라고 볼 수 없는 이유는 "깨진 믿음과 닫힌 마음 사이에서 일렁거"리는 정동의 동요를 자신의 불행 또는 회피해야 할 무언가로 부정하지 않는 시인의 인식에 있다. 스산한 풍경일지라도 안에서 바깥을 상상하고 바깥을 통해 안을 사유하는 시인의 동화(同化)적 태도는 '차지위물화'의 맥락에서 부정의 내파, 혹은 부정의 기원을 톺는 행위로 이어져 존재의 내력을 탐색하는 의지로 수렴된다. 조숙향 시인은 시적 주체로 하여금 "오래된 침식과 세월의 뼈, 또는 그 뼈와 강물의 파동 사이"에 "머물고 또 흐"르는 '나'를 욕망함으로써 과거와 현재, 도래할 미래의 사건을 포용하는 수행적 주체로 이끈다.

별거 아니면서도 별것이 되는

주체가 절망의 회랑(回廊)에서 벗어나고자 하는 구체적 실천으로서의 수행은 기실 녹록지 않다. 조숙향 시인의 이번 시집을 통어하는 짙은 죽음과 부재의 그림자가 이를 증거한다. "오늘 그대의 사망신고 소식을 듣"(「소식」)거나 "강바닥 웅덩이가/어린 아들을 사정없이 잡아당기"(「그해 여름, 처용」)는 상황, 어머니와 아버지의 죽음(「수신 중」, 「임종」 등)의 존재 부재를 포함하여 삶의 터전이었던 집의 상실(「부석」) 등의 시편들은 시적 주체에게 "도착해야 할 목적지와/내가 걸어야 할 길과/걷는 마음에 대한 기대감"을 망실케 하며 이런 상태로부터 "생각 없이 전속력으로 달리면/이 시간 이 건널목을 빠르게 지나칠 수 있을 것"처럼 느껴지지만, 이는 "상실감처럼 이 아침이 낯설게 다가"오는 것과 "시간이/빠르게 사라지는 것"만을 체감토록 한다(「낯선 아침」). 이러한 상황에서 시인은 "무슨 위안을 건네줄 수 있을"(「검은 것이 내려앉는 오후」)지를 고민하지만, 죽음과 그로 인한 부재의 상상은 위로의 불가능성을 확정하는 것처럼 우리를 쓸쓸하게 한다.

그러나 죽음과 부재, 그로 인해 야기되는 상실의 정동은 애도의 정념을 넘어 존재 깊숙한 곳의 슬픔을 주체의 원체험으로 알레고리화하며 다른 사유의 가능성으로 전유된다. 이는 숲의 공동체로 표상되는데, 이때의 숲은 "누구는 선택되고/누구는 선택되지 못하는 보다 나은 내일/누군가의 희생에 무덤덤해진 숲"으로 형상화되는 한편에서 "거침없는 엔진톱"으로 상징되는 인간의 폭력으로 인해 "소나무", "갈참나무", "때죽나무" 등의 개체적 존재의 죽음과 그로 말미암아 "숲을 덮고 있는 잘린 상처"로 "짙은 슬픔이 자욱"한 곳으로 그려진다(「선택된 장례식」). 나무들의 공동체를 파괴하는 저 폭력은 역설적이게도 개별적 존재로 하여금 영원한 상실을 경험하게 하면서 더욱 단단해지는 공동체적 존재를 가능하게 한다.

> 간혹 모습을 드러낸 음모들이 나무와 등을 맞대거나 잎사귀와 부딪히기도 했던가요 그 순간이었지요 가슴속에서 꽃들이 요동치기 시작했습니다 소나무 꽃가루가 날리기와 동시 진달래와 철쭉이 피어오르고 생강나무에서 숨죽였던 노랑 고름이 흘러내리기도 했습니다 그 꽃들이 목을 조르고 있다고 발설하지 못했습니다 이 숲을 움켜쥔 뿌리가 내 근본이니까요
>
> —「발설」 부분

인간과 세계의 폭력에 동조하는 무언가가 있을지도 모

르지만, 자신의 존재를 잃게 하는 폭력에 저항하여 존재의
의미를 구성하는 나무의 개체적 행위는 숲이라는 거대한
이미지 속에서 은폐되지 않는다. 시인의 응시가 포착하는
지점은 생의 의지로 충만하며 취약한 존재가 자신의 생을
다해 존재 의의를 '발설'하는 데 있다. 시적 주체가 저 취
약한 존재의 긍정과 동일시하는 순간 슬픔과 고통이 야기
하는 위로의 불가능성은 극적 전회를 불러오며 우리는 "햇
살이 당신 눈에 길을 내고 있"(「어떤 부부」)다는 삶의 진실과
마주하게 된다.

"희망을 믿고 싶지 않"다고 해도 결국 우리는 "희망을 버
리지 못"(「잠들 때까지」)한다는 것을 절실하게 그려내는 조숙
향 시인의 시적 사유는 "숲을 움켜쥔 뿌리"의 개별성이 "내
근본"임을 자각하는 것으로 이어진다.

> 이미 지나간 거미줄 같은 거
> 어쩌면 이슬방울 매달린 거미줄에 햇살 같은 거
> 또는 예측할 수 없는 내일 같은 거
> 내일은 언제나 오늘이고 어제였다는 거, 그러니까
> 오늘 저녁 어둠을 제대로 통과해야 한다는 거
>
> ―「놀이터」 부분

과거의 어느 시점에 "옹기를 굽던 점촌 마을"이었던 "아

파트촌"에서 시적 주체는 그 장소가 지닌 의미의 층위를 성찰한다. 추상적이고 관념적으로 그저 주어진 공간이 아닌, 존재의 삶이 구체적으로 영위되어 의미를 지닌 장소였던 점촌 마을은 아파트촌이 된 시간 너머에서 주체의 상상을 통해 지각된다. 어둠은 현재의 "아파트를 지우고 허공에 불빛들 밝"힘으로써 지금은 없는 기원을 찬찬히 들여다보도록 한다. 조숙향 시인의 시 속에서 만나게 되는 과거의 흔적은 "이미 지나간 거미줄 같"거나 그곳을 비추는 "햇살" 같기도 하다. "또는 예측할 수 없는 내일"이면서 "언제나 오늘이고 어제"를 잇는 역사적 기제이기도 하다. 불가해한 이력으로 진술되는 아파트촌의 공간성은 과거의 시간과 맞물리면서 격절된 장소성으로 감지되면서도 무의식에 기입된 실증의 양태와 빛이 충만한 내력의 영속으로 채워진다. 단절과 영속의 아이러니는 주체의 양가적 감정을 드러내면서 "어둠을 제대로 통과해야 한다"는 당위를 거쳐 그것의 가능성을 살필 수 있는 위안으로 작동한다.

조숙향 시인은 누대로부터 이어져온 장소의 실재성을 시적 주체의 응시와 상상 그로부터 비롯된 내적 사유의 토대로 삼아 상실된 무언가로 전락하는 것을 막는다. 이는 단지 시인 혹은 시적 주체의 고립된 응시라고 할 수는 없다. 「서로의 풍경」에서 재현되듯 개체적 응시는 그것이 포용하고 있는 관계의 층위로 말미암아 단독자의 위치에서 고립되는 것이 아니라 타자의 응시를 내포하고 있기 때문이다. 이러한 주체가 타자와 함께 감각하는 풍경과 그로 인한 사유는 존재를 통어하며 교차하고 맞물리면서 모든 존재의 심리적 변인이 되어 '차지위물화'의 경지에 가닿는다.

> 내 앞의 오르막길을 어제의 통점이라고 쓴다
>
> 비탈이 무성한 그늘을 만들던 날
> 뱀이 똬리를 틀고 앉아 산개구리를 잡아먹으려던 길
>
> 무수한 발길에 떨어진 낙엽마저 굳은살이 박인 길
> 벼랑에 기댄 상처투성이 나무 기둥을 잡고
> 미끄러지는 마음을 의지했던 길
>
> 사는 게 춥다고
> 추운데 기댈 데가 너라고 소리치고 싶었던 길
> 간절함이 나무 기둥을 타고 올라 하늘에 흩뿌려진 길
> 이 길이 내가 기댄 언덕이었음을 이제 알겠다
>
> 언덕에 뿌리박은 나무의 상처가 불끈 솟아오른다
> 바람이 쓸고 간 언덕길, 겨울 햇살이 푸르다
>
> ―「겨울 산책길」 전문

산책 중에 마주하는 수많은 "길"은 보들레르와 벤야민을 경유하여 말하자면, 일종의 영원 반복의 동일성적 폐허를 현시한다. 화려하거나 고즈넉한 풍경 너머로 감각되는 세계의 무의미성에 관한 사유를 불러오는 계기로 그들은 산책자의 이미지를 차용했다. 산책은 휴식과 여유의 이미지보다는 유동하는 세계와 쉽게 적응하지 못하는 존재의 타자성을 표상하는 데 적합한 소재인 셈이다. 조숙향 시인이 「겨울 산책길」에서 표상하고 있는 바가 그와는 동일하지 않다고 하더라도 유사한 정동을 드러내고 있다는 점에서 주목할 만하다. 그 이유는 부정적 세계 속에서 긍정의 시 공간을 찾아 헤매며 그것을 구축하기 위한 사유가 반전처럼 펼쳐지기 때문이다.

「겨울 산책길」의 시적 주체는 오르막길을 앞두고 있다. 그것을 "어제의 통점"으로 감각하는 주체는 아픔을 느끼게 하는 '어제'의 풍경을 어루만진다. "산개구리를 잡아먹으려"는 "뱀"의 풍경과 "무수한 발길에 떨어"져 "굳은살이 박인" "낙엽"의 양태, "나무 기둥을 잡고/미끄러지는 마음을 의지했던" 순간의 기억들은 흔적처럼 존재에 각인되어 있다. 그것은 실재한다기보다는 "사는 게 춥다고/추운데 기댈 데가 너라고 소리치고 싶었던", 결핍과 결여의 주체가 지닌 고통을 상징적으로 이미지화한 풍경이겠지만 그

내밀성으로 말미암아 부정이 아닌 생의 의지를 다지는 방향으로 존재를 선회시킨다. 주체의 외부에 풍경으로 존재하는 "길이 내가 기댄 언덕이었음을" 깨닫는 순간 주체는 "언덕에 뿌리박은 나무의 상처가 불끈 솟아오"르는 한편에서 "겨울 햇살이 푸르"게 다가오는 것을 감각하게 된다. 상처가 솟아오르는 것은 "어제의 통점"이 직접적인 고통으로 전이되는 순간이다. 그것은 "언덕에 뿌리박은 나무"를 고통과 슬픔 속에 놓을지언정 존재의 양태를 삭제하진 못한다. 시인은 그 순간을 기록함으로써 주체의 원체험이 지닌 불안을 환기하여 존재의 의미를 다지는 계기로 삼는다. 즉 산책의 기록은 영원 반복의 폐허 속에서 감각되는 무의미성이라는 불안에 매몰되지 않는, 어떤 생의 의지를 확신하며 그로부터 다른 가능성을 지향하는 주체의 수행적 문장이 되는 것이다.

머물고 또 흐른다

하이데거의 표현을 빌려 말하자면, 인간은 자신의 의지와 상관없이 세계에 던져진, 즉 피투(被投)된 존재이다. 그러므로 인간은 늘 죽음을 의식하며 불안하고 절망적 상황 속에 놓인다. 그러나 그러한 상황 속에서도 인간은 고통 속에 매몰되거나 좌절로 인해 삶을 포기하기보다는 새로운 삶의 방식을 모색하고 다른 가능성으로 스스로를 재구성하려는 시도, 즉 자신을 기투(企投)하면서 실존의 어떤 필연성을 찾고자 한다. 시인이 "공허가 분분히 날릴" 생의 길에서 "옛이야기로/어제를 흘려보"낸 매 순간을 기억하고 "외로움은 어디서 와서 어디로 흘러가는지", "더욱 두터워지"는 어둠 속에서도 "어느 골목을 지나면 잠의 본향에 다다를 수 있을까"를 질문하며(「침대에 눕다 말고」) 존재의 삶에서 겪어낸 환란과 고통을 되짚어보는 일이 이에 해당할 것이다. 진정한 삶의 진실이 무엇인지 확고부동한 답을 내릴 수 없겠지만, 삶의 마디마디에 얽혀 있는 존재의 의미를 찾으려는 실존적 태도야말로 피투된 존재가 취하는 기투가 아닐까 싶다.

조숙향 시인이 형상화하고 있는 원체험의 주관적 변용과 그것이 환기하는 실재의 맥락이 존재의 불안을 가시화하면서 이를 실존의 의미론적 계기로 삼는 점은 앞에서 이야기한 바와 같을 것이다. 그럼에도 "누군가의 발길에 채이고 눌려/갖은 힘으로 버틸 것만 같"은 "축축한 슬픔을 과감하게 드러낸 냄새"를 감각하는 것, 그로 인해 "한낮 숲속에서 현기증에 시달"리는 증상은 쉽게 해결될 수 없을

지도 모른다는 직관적 예감을 불러온다(「한낮, 냄새에 취하다」).
일상적 삶의 영위를 위한 실존적 고투의 과정이 그만큼 쉽
지 않다는 사실은 고통스럽다. 그러나 알다시피 고통은 이
후의 삶을 보다 나은 방향으로 나아가게 하기 위한 필수적
인 전제조건이기도 하다. 회피할 수 있다면 좋겠지만, "하
루하루 즐거워"지기 위해서는 "즙을 짜고 있는 세월"을 감
당하며 "재미난 하루를 살아내야" 하는 것인지도 모를 일
이다(「뇌물을 받는다」). 사는 것이 아니라 '살아내야' 하는 삶
의 불가피성. 그러나 살아내는 것이 사는 것을 위한 필수
불가결한 존재의 방식이라면 그 구분은 무의미할 것이다.
"어딘가 외딴곳에 떨어져 있을/나를 열고 닫던 열쇠 하나/
미로에 갇혀 있다"(「일상이 낀 열쇠」) 하더라도 어쩌면 그것은
저 바깥의 어딘가가 아닌 존재의 내면 어딘가에 놓여 있을
지도 모를 일이기 때문이다. '차지위물화'를 여기서 다시
생각해보게 된다.

나비 한 마리가 날아온다

내 몸에 붙는다
더듬이를 까닥까닥
내가 무엇인지 확인한다
걸음을 당기자

내 주변을 샅샅이 탐색하다가
내가 지나온 오솔길 상수리 나뭇잎에
사뿐히 내려앉는다
나비는 내가
먼지인지 구름인지 바람인지
새소리인지 알아챘을까

나는 마스크를 벗는다

—「접속」 전문

"나비 한 마리"가 "내 몸에 붙는다". 나비는 "내가 무엇인지 확인"하려는 듯이 "내 주변을 샅샅이 탐색"하기도 하고 "내가 지나온 오솔길 상수리 나뭇잎에/사뿐히 내려앉"기도 한다. 옥타비오 파스는 아날로지가 인간을 포함한 모든 예외적 존재들이 자신의 닮은 꼴과 감응을 발견하는 조화와 화합의 무대라고 했다. 이를 전유하여 말하자면, 나비는 자신의 아날로지로 현재와 과거를 아우르는 감응의 순간을 통해 '나'를 "알아챘을" 것이고 '나' 또한 나비에게서 자신과 닮은 꼴을 발견하며 조화와 화합의 순간을 경험했을 것이다. 타자와 주체의 일체감, 세계와 존재의 동화가 이루어지는 순간이다. 이 순간의 환희로 인해 시적 주체는 모든 존재의 취약성을 끌어안고 "환한 저녁을 밀고"(「휠체어를 밀고 가는 저녁」 갈 수 있게 된다.

조숙향 시인의 시편들은 나비와 '나'의 아날로지가 불러
일으키는 감응을 원체험으로 삼아 "허공이 치명적인 공허
라는 것을/온몸으로 받아들였을 즈음/한 마리 자나방"(「연
결고리」)이 되어 날아오르는 것처럼, 삶의 유한성을 뛰어넘
어 무한한 가능성을 펼쳐 보이는 시적 경이를 현시하는 동
시에 형이상학적 비전을 모색하며 새로운 시적 사유의 변
곡점으로 작용할 것이 분명하다. 저 순결한 감응의 밀도가
우리 삶의 곡절을 얼마나 위무할 수 있을지 모르겠지만,
삶의 무의미와 허무 그리고 절망과 고통에 대한 통절한 자
각을 거쳐온 것이기에 이전과는 다른, 새로운 가능성의 실
존적 울림으로 우리를 충만하게 할 것이다.

李秉國 | 시인, 문학평론가

오늘의 지층

조숙향 시집